천사의 도시, 그리고 눈의 나라

작가마을 시인선 ㉘

천사의 도시, 그리고 눈의 나라

양왕용 시집

　지난 2014년에 낸 제6시집 『백두산에서 해운대 바라본다』 (2014, 문예바다) 이후에 나는 주로 2011년 11월5일부터 2012년 1월9일까지의 LA 체류 체험을 바탕으로 한 연작시 '캘리포니아 시편'을 써 왔다. LA에 장기 체류하게 된 것은 큰 아들 내외가 당분간 머물면서 우리 부부를 위하여 일부러 방 두 칸의 아파트를 West Hollywood에 얻었기 때문이었다.

　1993년 1월 초부터 8월 초까지 유타주립대학교 방문교수로 유타 주 북부 아이다호 주와 가까운 대학도시 Logan에 머문 지 20년 지난 후의 미국 장기체류였다. 20년 전 1월과 2월 2개월은 한국 대학의 겨울방학 기간이라 대학 1,2학년인 두 아들과 함께 생활했다. 그로부터 거의 20년이 지난 2011년 큰 아들은 잘 나가는 신흥 대기업 간부를 그만 두고 대중음악 공부를 시작하였고 큰 며느리는 남편을 위하여 다니던 미국 컨설팅 회사의 한국 지사에서 LA 지사로 전보되어 근무하였다.

큰 아들 내외는 각자의 분주한 생활 속에서도 우리 부부를 위하여 너무 많은 계획을 세워 우리 부부는 미안하기도 하고 문득문득 벅찬 감동을 받기도 하였다. 특히 11월 23일-27일 Napa Valley를 다녀온 추수감사절 휴가 여행과 12월16일-26일 California in Land와 20년 전에 머물던 유타 주를 다녀온 크리스마스 휴가 여행은 내 생애 최고의 여행이었다.

이러한 감동으로 인하여 부산을 출발하여 동경을 거쳐 LA 공항에 도착한 순간부터 체류를 마치고 떠나 올 때까지의 체험을 바탕으로 49편의 연작시를 쓰게 된 것이다.

이 시집에는 따로 해설 원고를 받지 않고 이제는 독립 음악인과 여행 작가가 되어 있는 큰 아들의 발문을 싣기로 하였다. 그의 북유럽 여행기를 쓰는 중간에 이런 부탁을 한 아버지로서 다시 한 번 미안하기도 하다.

그러나 함께 생활하고 여행한 큰 아들도 다른 형식의 글쓰기에 도전하는 유익함이 있으리라 생각한다. 여행을 제재로 한 작품들이 많아서 관련된 사진을 넣기로 결정하자 여행 중 카메라로 사진을 열심히 찍은 며느리가 그의 전 작품을 보내 왔다. 그 가운데 40장 가까이 골랐다. 그리고 발간비에 터무니없이 부족한 지원금으로 내 시집을 내는 배재경 〈작가마을〉사장에게도 고마운 마음뿐이다.

지난해 내고자한 등단 50주년 전집은 여러 사정으로 내지 못하고 등단 51주년이 되는 올 해 모처럼 3년 만에 신작 시집을 낸다. 애초에 발표할 때에는 유타 주를 제재로 한 시편은 '유타시편' 연작시로 따로 발표하였으나 시집으로 엮으면서 LA 공항에 도착한 순간부터 떠날 때를 순차적으로 편집하기로 했다. 다만 너무 지루할 것 같아 도착하여 추수감사절 여행 직전까지를 제 1부로, 추수감사절 여행부터 크리스마스 여행 떠나기 직전까지를 제2부로 크리스마스 여행을 제3부로 그리고 LA 공항 떠날 때까지를 제 4부로 나누었다.

나는 첫 시집 『갈라지는 바다』(1975)을 내면서 후기에다 '부모님을 모시고 아내와 자식들과 더불어 윤기 있는 생활, 그것도 하나님께 영광 돌리는 생활을 하고 싶다.'고 한 바 있다. 그로부터 40년이 지난 지금 부모님은 모두 천국으로 가시고 두 아들들은 결혼을 하여 서울과 부산에서 가정을 꾸리고 살고 있지만 집을 떠났다. 집에는 아내와 나뿐이다. 그러나 다행히 우리 부부 두 사람은 아직까지 건강하여 각자의 사회생활도 하고 있고 함께 해외여행도 자주 한다. 이 모두 하나님의 은혜요 평소에 게으르기 짝이 없는 나의 건강을 챙겨주는 아내 때문이라 생각하고 있다. 앞으로 둘 다 오래오래 건강하여 더 많은 세계를 구경하고 작품도 많이 창작하여 등단 60주년이고 아내 나이 80이 되는 2026년에는 전집도 내고 그 동안의 신세진 많은 사람들에게 보은의 잔치를 하고 싶다.

　　　　　　2017년 겨울 해운대 와우산 기슭에서 **양 왕 용**

책머리에

제 1 부
헐리우드에서 천사 찾기

제 2 부

나파벨리의 늦가을

제 3 부

눈의 나라 겨울풍경

제 4 부

돌아오는 시간

〈발문〉

제 1 부
헐리우드에서 길 찾기

다시 LA 공항에서

● 캘리포니아 시편(1)

18년 10개월 전
지상에서 가장 눈이 많이 내리는 땅
Utah로 가기 위하여
아내와 두 아들 함께 내린
여기에
이제는
LA에 당분간 머물고 있는
큰 아들 내외 만나기 위하여
아내와 함께 내린다.
생애 처음
반도 나라 반년 넘게 떠나 머물
그 땅에 대한 기대와 두려움으로
가슴 설레던 그 때와는 달리
이제는 조금은 낯설지 않은 공항에서
두 달 동안 아들 내외와 지내기 위한
짐 나올 때 기다리면서
천사의 도시 Los Angeles에
얼마나 많은 천사들이 살고 있습니까?
당신께 물어도 보면서
검은 안경 쓰고 돌아다니는
희고 검은 사람들
물끄러미 바라본다.

웨스트 헐리우드 첫날

● 캘리포니아 시편(2)

웨스트 헐리우드
큰 아들 내외 아파트에
여장 푼 첫 날.
태평양 건너면서 하루 번
시차 때문에
두고 온 반도 나라 출발하던
시간보다 빠른
2011년 11월 5일 한낮.
천사들보다
게이들이 많이 산다는
헐리우드 서쪽.
점심 먹고
큰 아들 내외와 산책 나서,
영화에서만 보아 온
Sunset 대로 Sunset 프라자 근처
음악 카페 위스키어 고고까지 걸어본다.
밤이면 여자들이 벌거벗으면서 춤추는 가게
여럿 있는 이곳에
천사들은 얼마나 살고 있습니까?
당신께 다시 물어본다.
사이렌 울리며 지나가는 경찰차에
깜짝 놀라면서

동양선교교회 4부 예배

● 캘리포니아 시편(3)

시차적응 하지 못하여
늦잠 잔 주일 오후.
18년 전 천사들 찾아
15일 동안 '로마로 가는 길'에서
함께 헤맨
얼굴들 만날까 들어선
동양선교교회 4부 예배.
교포 2세들 밴드 울리고
복음성가 함께 부르는
나이 든 사람들 속에도
주보 속에서도
아는 얼굴 하나 없고
예배 마치고 나오면서
악수 나눈 젊은 담임목사
역시 낯설다.
함께 15일 간
'로마로 가는 길'에서 헤맨
그들은
오늘도 천사들 찾아
어디에서 헤매고 있습니까?
당신께 물어도
당장
대답 돌아오지 않는다.

맨하탄 비치에서 늦은 점심

● 캘리포니아 시편(4)

큰 며느리
근처 동문 모임에 가고
큰 아들과 함께
우리 부부
뉴욕에서 캘리포니아까지 와 있는
맨하탄 비치에서
늦은 점심 먹는다.
그리스 샐러드와 베니스 피자
이타리아식 생선까지 먹는
유럽풍의 식사.
바로 앞 바다 건너 편
멀리
두고 온 반도의 나라
해운대에 사는
둘째 아들 내외와 손녀와 손자
지금쯤
무엇 하고 있을까?
시차까지 계산하며
당신께서 주신
이 행복한 시간
나이프와 포크로
잘라내고 있다.

Hollywood 엿보기

● 캘리포니아 시편(5)

천사들 산다는 숲
Hollywood에 가면
천사들보다
타인의 삶을 산
스타들만
잔뜩 보도에 누워 있다.
바람 불지 않아도
언제나 치맛자락 날리며
서 있는
마릴린 먼로 치마 속에도
천사들은 보이지 않는다.
드라큐라로 분장한
무명 배우는
아예 악마의 모습으로
뭇 사람들 카메라 세례 받고 있는데
한 쪽 구석에
찰리 채프린 계면쩍게
천사와 닮은 웃음으로
콧수염 만지며 서 있다.
고색창연한 차이나 극장이나
곧 파산한다는
코닥 극장 앞을 왔다 갔다 해도

손바닥을 남긴 사람들 속에서
천사들 찾기는
모래 속에서 바늘 찾기보다 힘들다.
뒷산에 높이 솟은
HOLLYWOOD 간판 밑까지 가도
천사들은 보이지 않는데,
다시 차이나 극장 앞으로 내려와
빨강, 파랑, 노랑, 보라 2층 버스 가운데
하나 골라
LA 시내로 돌아다니면
혹시 천사들 만날 수 있을까?

북창동순두부집의 점심 식사

● 캘리포니아 시편 (6)

보잉 707 몰다가
아예 태평양 건너 와
LA 근교에서 농사지으며
천사들 찾다가
이제는
캘리포니아 반도 남쪽
멕시코 사막에서
농사지으며
밤마다 시조로 천사 부르는
시조 시인의 자동차로
한인 타운까지 실려 와
두고 온 반도의 나라
해운대 우리 집 근처까지 와 있는
북창동순두부집에서
점심 먹는다.
부산에서 대구로
베트남 전쟁 터에서 서울로
다시
남미의 아르헨티나, 페루를
바람처럼 돌고 돌아
지금은
LA에* 머물고 있는

시인도 함께
천사들 찾아 헤맨 사연과 더불어
두고 온 반도의 나라 소식 나누며
순두부와 쌀밥 먹는다.

베벌리 힐스로 들어가다

● 캘리포니아 시편(7)

베벌리 힐스 입구
비타민 가게 앞에다
우리 부부 내려주고
아들 녀석은
음악 공부하러 헐리우드로 가고
우리는
천사 찾으러 베벌리 힐스 들어간다.
로데오 거리에 즐비한
명품 가게와
유명 배우들 머물다간 호텔들 앞에서
혹시 천사들 찾을가 두리번거려도
보이지 않는데,
핑크색 궁전 모양의
베벌리 호텔 앞 벤치에 앉아
지나가는 사람들 바라본다.
아무리 바라보아도
클라크 케이블과 리차드 버튼
그의 아내 엘리자베스 테일러도
보이지 않고
대통령과 그의 동생
침대 아래 무릎꿇게 한
마릴린 먼로 역시 보이지 않는데

그들 닮은 사람들만 지나가는
이 거리에서
천사 찾는 것은 부질없는 짓인가?
끝내 '성 요한의 집' *에 들어가
구석구석 살펴보아도
천사들은 도무지 보이지 않는 다

* St John 이라는 명품 닛트 가게

베벌리 힐스에서 나와 길을 잃다

● 캘리포니아 시편(8)

베벌리 힐스에서
끝내 천사 찾지 못한 채
이탈리아 식당에서 점심만 먹고
웨스트 헐리우드 아들 집 가기 위하여
길을 나선다.
산타 모니카 대로를 따라
선셋 거리 선셋 플라자 목표로 하여
무모하게 찾아 나선
우리 부부.
자동차 타고 가면서 본
베벌리 힐스 대저택들은
보이지 않고
베벌리 힐스 입구라고 쓰여진
표지판도
도무지 보이지 않고
산타 모니카 대로 표지판
보였다가 다시 사라짐을 반복하고
다섯 시간 가까이 헤매다가
간신히
선셋 플라자 발견하여 돌아온
아들 내외 아파트.
우리 부부 안도의 한숨 쉬다가

저녁 때 돌아온
아들 내외에게서 비로소 들은
두고 온 반도의 나라와는 다른
도로 표시 방식.
베벌리 힐스에서
웨스트 헐리우드 오기 위하여
한나절의 헤맨 도로를
지도상에 표시해 보면서
웃고 또 웃는다.

Harding 골프 코스

● 캐리포니아 시편(9)

HOLLYWOOD 간판 서 있는 산기슭
Griffith 파크 안
Harding 골프 코스에서
골프를 친다.
천사들 찾아 태평양 건너 왔으나
자녀 교육시키기에 힘들어
천사들 만날 엄두도 내지 못하다가,
이제는 온전히 자기만의 시간
느리고 느리게 보내고 있는
노인들과 함께
두고 온 반도의 나라와는
전혀 다른 개념의
골프를 친다.
손수레에 골프 채 싣고
케디는 물론 필요 없는
누구나 칠 수 있는 골프
한국에서는 부자들만 친다고 하는데
여기서는 거지들도 친다고 말하는
노인들과 함께
골프를 친다.
Harding이라고는 하나
두고 온 반도의 나라에 비하면

쉽기만 한 골프 코스.
오전에 출발한 첫 째 홀
중간에 가져간 샌드위치로
점심을 먹고
해질 무렵 가까이 끝나는
열여덟 째 홀.
벤치에 앉아
실러 올 아들의 차 기다리는데
노인들 미안하다는 미소짓고
먼저 떠난다.

Santa Monica Beach에서

● ─캘리포니아 시편 (10)

미국에서 맞는
첫 토요일 아침.
웨스트 헐리우드 아들 내외 아파트에서
2번 도로 Santa Monica Blvd 따라
Santa Monica Beach로 간다.
베벌리 힐스 지나, UCLA 지나
승용차로 한 참 달리면
말리브 해변 쪽에서 내려오는
태평양 연안 1번 도로와 만나는
Santa Monica Beach.
Hollywood 못지 않게
천사 찾는 젊은이들과 관광객들 붐비는데,
아파트보다 크고 높은 주차빌딩에
차 세워두고 길을 따라 나선다.
태평양 만나기 전
먼저 만나는 Santa Monica 메인 스트리트 주변
명품가게와 기념품가게들 때문에
자동차도 얼씬 못하게 하고
한 쪽에서는 삐에로와 사람들 모여
퍼포먼스 즐기고
우리는 킹크랩 가게에서 점심을 먹고
나무로만 지탱하는 부두로 나간다.

두고 온 반도의 나라
해운대와는 비교도 되지 않게
크고 긴 해변.
한 쪽 모래사장에는
모래조각으로 환경운동 펼치고
다리 난간에는
갈매기와 다른 바다 새들도 앉아 있다.
부두 쪽에서 바라본
Santa Monica 다운 타운은
모래 절벽 위에서 불안하지도 않은 듯
축대도 없이 누워 있다.
도무지 겨울이라고는
믿을 수 없는 토요일 오후.
구름 떼처럼 모여 드는 사람들
모두 천사 찾아 왔을까?
생각하고 또 생각해 본다.

베니스 비치의 휘피, 그리고 일몰

● 캘리포니아 시편 (11)

휘피 문화 발상지라는
이곳
아직도 그들의 후예
길거리 공연 즐기고,
박수와 함성으로
구경꾼 참여 유도한다.
온갖 나라의 젊은이들
자기 나라 의상 걸치고
그들만의 독특한 방식으로
갖가지 물건 판다.
두고 온 반도의 나라 사람도
모자가게로 손님 부른다.
모자 하나 사자
덤으로 하나 더 주는
가게 주인의 인심.
군대 시절의 부산 친구
찾아 달라는 부탁도 한다.
모래사장으로 나와
멀리 반도의 나라 쪽
태평양 너머로 떨어지고 있는
해 한참 바라본다.
어둠에 점령당해가는

태평양 뒤로 하고
거리 쪽으로 돌아오니
가게마다 네온이 들어오고
도무지
천사들 내려오지 않을 것 같은
해변은
높아진 밴드 소리와 함성으로
점점
휘피가 되어 가고 있다.

제 2 부
나파밸리의 늦가을

나성 영락교회 추수감사절 기념주일

● 캘리포니아 시편(12)

메이플라워호 타고 대서양 건넌
서양 사람들과는 달리
갖가지 모양으로 태평양 건넌
두고 온 반도의 나라 사람들.
반도 북쪽에서 삼팔선 넘어와
서울 또는 부산
그리고 제주도에도
영락이라는 이름으로 교회 세웠듯이
천사의 도시 나성에도
그 이름으로 교회 세워
흑인들과 히스패닉 상처 만져주고
소년원 아이들에게 도서관도 마련해 주고
오늘은
추수감사절 기념주일
천사의 목소리로
찬양예배 드린다.
뭇 천사들
하늘로부터 내려와
다 함께 소리하는 듯이
서양 사람들보다
더 천사 닮은 목소리로
당신께 찬양드린다.

그 소리 창밖으로 나가
교회당 지붕 위에 앉았다가
날아가는 비둘기처럼
하늘로 날아간다.
천사 지금까지 찾지 못한
나의 눈에도
비둘기처럼 날아가는 모습 보인다.
천사의 날갯짓 소리로 날아가는
그 모습 보인다.

천사의 도시, 그리고 눈의 나라

산타 바바라Santa Barbara 일박一泊

● 캘리포니아 시편 (13)

추수 감사절 전날 늦은 오후
가족 여행 첫날.
Sunset 대로 거쳐
말리브 해변 가기 직전 만난
1번 도로 따라 북상北上한다.
왼 편에는
두고 온 반도의 나라 쪽으로 떨어지는
해와 더불어
점점 어둠에 점령당하는 태평양.
그러고도 한참 질주한
우리 가족
산타 바바라 스시 집 동경東京에서
저녁 먹는다.
일본 사람으로부터 몇 년 전 인수했다는
대구大邱가 고향인 주인.
그의 손길이 전하는 향수鄕愁로
배를 채우고
내일에는 천사 찾으러 가지 않고
문 연 식당에서 먹을
점심 기대하며
스페인 풍이라는 다운타운
야경도 구경 안하고

Barbara 성인聖人도 못 만나고
하룻밤 머물 객사 찾아든다.

솔뱅Solvang, 그 평화

● 캘리포니아 시편(14)

2011년 11월 24일
11월 네 번째 목요일
추수 감사절 바로 그 날
아침나절.
덴마크보다 더 덴마크 다운 마을
솔뱅.
주인들은 모두
천사 만나러 문 닫고 떠난
팬 케익 빵집, 와인 가게
그리고 나막신 선물 파는 가게.
마을 입구에서 만난
영어로 Welcome이라는 뜻의
덴마크 말 Velkommen만
우리 가족
환영하고 있다.
바람개비 달린 풍차 배경으로
사진만 몇 장 찍고
두고 온 반도의 나라
손녀와 손자 선물만
미리 구경하고
안데르센 박물관의 동화책도
전혀 구경 못하고

그냥 나와도
맑은 하늘 아래
햇빛으로 빛나는 평화.
그 평화 가득 맛보다가
천사 만나는 것보다
고객 만나는 것이 더 급한
요셉 성인聖人의 도시
산호세San Jose의
베트남 식당으로 출발한다.

산 호세 San Jose 베트남 식당

● 캘리포니아 시편(15)

노랑머리의 가게 주인들은
모두 문 닫고
천사 만나기 위하여 떠나
적막에 싸여 있는
성 요셉의 도시 산 호세.
천사 만나기 위하여
보우트 타고
어렵게
정말 어렵게 탈출한
인도차이나 반도의 나라
사람들.
그들은 천사 만나는 것보다
찾아온 손님들에게
그들 나라의 음식 만들어
파는 것이 더 급하다.
전혀 캘리포니아 답지 않은
실내장식들과 조명등 켜진
가게에서
그들은
함락되어 가는 사이공.
지금은 지도에서 사리진 그 도시의
화염

아직도 바라보며
열심히 음식 만들고 있다.

버클리 늦가을

● 캘리포니아 시편(16)

프란치스코 성인의 도시
샌프란시스코 그냥 지나치고
베이 브리지 건너
지척에 있는
UC 버클리의 도시
버클리 들어간다.
모두들 천사 찾아가
고요 속에 더욱 고요한
추수감사절 오후.
대학 종탑과 본관
그리고,
단풍 든 숲 배경으로
사진 몇 장 찍는데
대학생들과 히피들
전혀 보이지 않는다.
한인 가게 간판 몇 군데 걸린
정문 앞 거리 지나
부자들만 산다는
리치몬드 언덕까지 올라가
건너편 금문교 바라본다.
천사들은 도무지 보이지 않는
이 언덕에서

천사의 도시, 그리고 숲의 나라

단풍 든 나무 사이로 떨어지는
붉은 해와 더불어
더욱 붉어지는 금문교
한참 바라보고 또 바라본다.

나파벨리 저녁 식사

● 캘리포니아 시편(17)

천사 찾아 온 사람들로 붐비는
나파벨리.
강변의 3대째 주인 바뀌지 않는
여관에다 짐 풀고
더욱 고색창연한 식당 찾아가
추수 감사절 저녁식사 한다.
나비넥타이와 긴 드레스로 멋 부린
노랑머리 사람들 속에서
검은 머리의
우리 부부와 큰아들 내외
두고 온 반도의 나라
작은 아들네 식구들 궁금해 하며
노랑머리 사람들과 같은 방법으로
칠면조 요리에 와인 곁들여진
두 시간 동안의 긴
추수감사절 저녁식사 한다.
천사들은 보이지 않아도
우아하게
정말 우아하게
추수감사절 저녁식사 한다.

와이너리winery 순례

● 캘리포니아 시편(18)

여관에서 제공하는
아메리칸 블랙퍼스트 먹고
하루 종일
나파벨리와 이웃 소노마 지역
와이너리 순례 나선다.
그냥 포도밭 창고 같은
첫 번째 와이너리에서는
포도주 양조 과정
자세히 설명 듣고
와인 두 병 산다.
프랑스 궁전 닮은 곳에서는
붐비는 사람들 속에서
시음만 하고,
마지막
로마시대에 지은 성채 닮은
이탈리아 돈도 받고 달러도 받는
와이너리에서는
시음도 하고 와인 두 병 산 후
이탈리아식으로 점심도 먹는다.
천사 만나려 떠나온
남가주 사람들 붐비는
여기서

천사
와인 잔 속에
숨어 있다는 듯이
모두들 와인만 마신다.
그들 조상이 두고 온
유럽 그리워하면서
지은 지 100년 다 된
건물 속에서
100만 평 가까운 포도밭의
포도들로 빚은
와인
조상들과 같은 방법으로 마시며
잔속을 뚫어지게 바라보면서
천사 찾고 있다.

몬터레이, 그리고 존 스타인벡

● 캘리포니아 시편(19)

나파 벨리 강변
이틀 밤 머문 그 여관에서
아침 일찍
샌프란시스코로 내려온다.
금문교 건너 1번 도로 타다가
산타크로즈 식당에서
멕시칸 호기로 점심 때우고
17마일 드라이브 도로 들어와
페벌 비치의
태평양 파도 들락거리는 골프장들과
그 골프장 바라보는 부자집들
입 다물지 못한 채 바라보다가
17마일 드라이브 도로 끝나자 말자
만난 도시
몬터레이.
고래잡이 포경선 모두 사라지고
정어리 통조림 공장들도
오래 전에 문 닫았지만
〈분노의 포도〉의 작가 존 스타인벡은
깃발들로 펄럭이고 있다.
드디어
캐너리 로우 Canery Row*로
통조림 공장 흔적 찾아 가는데

갑자기 나타난
스타인벡 흉상 앞에서
사진 한 장 찍는다.
공장 주인들과 종업원들
모두 다른 천사 찾아 떠나고
그의 작품 속의 공장들은
간판도 그대로 둔 채
레스토랑으로 수족관으로 바뀌어
천사 찾아 여기 온
다른 사람들 맞이하고 있다.
파도 잇발 드러내고
변함없이 웃고 있는 해변에는
또 다른 사람들
갖가지 모양으로 파도 타며
천사 만난 양
환호성 지르고 있다.

* 캐너리 로우:1945년 존 스타인벡이 정어리 통조림 공장 주변을 배경으로 창작한 장편소설. 우리나라에는 『통조림 공장 골목』으로 번역되어 소개되었음. 1958년 몬터레이 해안도로 Ocean view Avenue를 존 스타인벡을 기념하여 Cannery Row로 개칭하여 지금까지 사용하고 있음.

말리브 해변, 태평양 바라보기

● 캘리포니아 시편(20)

웨스트 헐리우드
큰 아들 내외의 아파트로 돌아가기 직전
햇볕에 온몸 그을리는 태평양
바로 아래
모처럼 잇발 드러내고 있는
말리브 해변 식당에서
늦은 점심 기다리며
몬터레이 해변 떠난 어제 오후부터
태평양 쪽으로 떨어지는 해
오른 쪽에 두고
한나절 동안 내려온 1번 도로와
서서히 다가오던 석양 생각한다.
피스모 비치 아웃랫에서 산
두고 온 반도의 나라
손녀와 손자의 앙징맞은 옷들과
밤에 머물었던 호텔도 생각한다.
그러하다가
태평양 따라
멀리 바라다 보이는
말리브 해변 하얀 모래에
떨어지는 햇빛에 반사되어
파도처럼 다가오는

또 다른 풍경이
지금까지의
모든 풍경과 생각들 밀어낸다.
다만
당신께서 주신
이 행복한 시간을
쟁반에 담아
스푼으로 떠먹는다.

UCLA 손성옥 교수

● 캘리포니아 시편(21)

그녀에게는
개나리꽃 색깔 원피스 입은
처녀 선생으로 기억되는
아내와 함께
UCLA 동아시아 학부 한국어 전공
손성옥 주임교수 만나러 간다.
금정산 기슭에서 하와이로 건너와
박사학위 받고
이제는 UCLA에서
정년보장 받은 교수도 되고
이민 2세 젊은 교수 둘이나 거느린
손성옥 교수 만나러 간다.
점심 식사 중의 화제는
전자 기타 좋아하는
그녀의 하나뿐인 아들 진로 문제인데
같이 간
헐리우드에서 늦은 나이에 음악 공부하는
우리 큰아들 녀석이 상담역이다.
결혼하여 성이 신에서 손으로 바뀐
그녀도
어느 새
아들 대학 가는 것 걱정하는
어머니가 되었다.

게티 센터, LA 내려다 보기

● 캘리포니아 시편(22)

산타모니카 산기슭 언덕에
750에이커, 92만평으로 자리 잡아
입 다물고는 바라볼 수 없는
게티 센터.
LAX 국제공항 가는 길 곳곳에
아직도 박혀 있는
코끼리 코 닮은
석유 퍼 올리는 펌프들.
그 펌프로
수많은 돈 벌던 게티
38세 젊은 나이에 돈 벌기 접고
세계로 쏘다니며
유명 그림들과 조각들
그리고 장식미술품들까지
닥치는 대로 사 들이다.
많은 사람들 그의 행적 납득 못한 채
그는 이미 이 세상 떠났지만
수많은 소장품들
전혀 가족들 품으로 가지 않고
10년 넘게 걸쳐 완성한
본관과 동서남북 다섯 빌딩
전시관에서

살아 숨 쉬고 있다.
주차비만 받고
입장료 전혀 받지 않은 채
후레쉬만 터뜨리지 않으면
사진도 찍히면서
보존 연구소와 함께
영생하고 있다.
괴팍한 게티 아니었다면 없었을
이 넓은 박물관 전망대에서
한글로 된
〈게티 센터 지도 및 안내〉 펼치면서
곳곳의 정원들과
그 곳의 조각들 바라본다.
멀리
말리브 해변 어딘지 찾다가
그 근처에 있는 또 다른 박물관
〈게티 빌라〉도 찾아본다.
LA 시내 두루 바라보다가
큰 아들 내외 살고 있는
웨스트 헐리우드와
그리피스 산 위의
헐리우드 안내 간판도 찾아본다.

고독한 천사가 되어
이곳 내려다보고 있을
게티도 함께 찾아본다.

바람의 시인 배정웅

● 칼리포니아 시편(23)

60년대 초반 대학시절
대구 신암동 황량한 자취집
바로 옆방에 머물며
함께 시를 이야기하였던
배정웅 시인을
LA 한인타운
미주시인회의 사무실에서 만난다.
서울로 베트남 전쟁터로
남미의 볼리비아, 페루
그리고 아르헨티나로 떠돌던
바람의 시인 배정웅.
이제는
LA에서
미주시인들과 더불어
바람을 잠재우고 있지만,
그의 사무실 벽에는
남미에서 가져온
바람이 걸려 있다.

미국 의사 시인 이창윤

● 칼리포니아 시편(24)

60년대 중반 어느 날
대구 동성로에서
미국 의사되어 떠난다며 헤어진
이창윤 시인을
LA 한인타운 뉴서울호텔에서 만나
몇몇 시인들과 함께 점심 먹으며
60년대 대학시절 이야기한다.
미시간 주립대 의과대 산부인과 교수 은퇴하고
겨울만 되면 깡추위와 눈사태 때문에
따뜻한 칼리포니아 산디에고 딸집으로
피난온다는 이창윤 시인.
아직도 미시간에서 손수 자동차로
며칠을 걸려 칼리포니아까지 내려오는
그의 얼굴에는
대구 동성로의 푸른 하늘이 보인다.
같이 계시다 헤어진
은사 김춘수 시인의
40대 젊은 모습도 보인다.

제 3 부
눈의 나라 겨울풍경

모롱고 리조트의 보이즈 투 맨 Boyz II Men

● 칼리포니아 시편(25)

크리스마스 휴가 가족여행 첫날
팜 스프링 근처
풍력발전 바람개비 즐비한 마을
카바존.
산 너머 인디안 보호구역 이름 따온
모롱고 리조트 공연장에서
보이즈 투 맨 만난다.
'소년에서 어른으로 boys to m   라는
그들의 이름 유래하게 한   래처럼
몇 해 전
멤버 한 사람 천국   로 보내고
세 사람뿐인 보   즈 투 맨
슬프고 진   표정으로 노래하
그들의   대
뭇   은이들 몰려오게 하고
      표정과는 달리
     결같이 흥겨운 몸짓   로
환호성 지르며 춤춘   .
      편의   들처럼
밤늦도록 춤춘다.

Las Vegas에서 숨고르기

● 칼리포니아 시편(26)

열흘 넘는 크리스마스 휴가 가족 여행 길
오가며 머물 Las Vegas에서
주말 이틀 보내며 숨고르기 한다.
낮은
불 꺼진 조명 시설 때문에
늙은 창녀보다 더 추하다는
사막 위의 도시.
밤은
지상에서 가장 아름답게 빛난다.
갑자기 솟는 분수 쇼
한참 입 다물지 못한 채 바라보고
18년 전 처음 왔을 때보다
훨씬 많아진 카지노와 호텔들
고층 전망대에서 내려다본다.
한낮에는
프레미움 아웃렛에서
겨울여행 구두와 가방도 사고
근교의
안디옥 한인교회에서 예배도 드린다.
저녁 식사 후에는
두고 온 반도의 나라 둘째 아들이 보내 온
손녀와 손자의 동영상도 보고

주말 드라마도 다운받아 보다가
내일 여행할
데스 벨리의 황량한 풍경 상상하며
일찍 잠든다.
카지노 도시에서
카지노에는 전혀 안가고
그 덕택에 값이 싼 호텔에서
조용히 잠든다.

Death Valley 한낮

● 캘리포니아 시편(27)

모하비 사막 두 시간 달려 도착한
Death Valley 입구.
겨울인데도
뜨거운 시냇물 들끓고 있다는
Furnance Creek 리조트에서
햄버거로 점심 때우고
Dante's view point 바위산에 올라
죽음의 계곡 내려다본다.
한 쪽에는 바람만 불면 새로워진다는
모래 구릉.
다른 쪽에는 아우성치면서 서있는
돌기둥들.
저 멀리
소금처럼 빛나는 호수.
자동차로 음산한 이름의 계곡들
들락거려도 살아 있는 것들은
좀처럼 보이지 않는다.
모래 바닥에 나지막하게 엎드려 있는
갖가지 모양의 나무들도
푸른 잎 흔들면서
죽음으로 침묵하고 있다.
소금호수 다가서니

호수는 신기루처럼 사라지고
해저 88.5m라는 Badwater Basin
하얀 소금 바닥으로
미식 축구장보다 더 크게 누워
3000m가 넘는 앞산 바라보고 있다.
그런데
160년 전의 골드러시 찾는 개척자처럼
웅성거리는 일군의 무리들.
차츰 다가서니
나라 이름 잃어버린
타이완 예수전도단
영원한 하늘나라에 계시는
당신을 찬양하고 있다.
죽음을 뛰어 넘어
영생을 노래하고 있다.

Death Valley 저녁

● 캘리포니아 시편(28)

사막의 저녁은
해 떨어지자 바로   코앞에
어둠으로 다가온다.
어디선가 불어온 세찬 바람도
함께 다가온다.
어둠 오기 전
한 군데라도 더 들어가자고
계곡 굽어보는데
난데없는 또 다른 바람
모자를 날려
함께 쓴 선그래스만
계곡 아래로 추락시킨다.
그렇구나?
결국 바람이 소문처럼
내 물건 하나 계곡으로 보냈구나?
죽음처럼 다가오는 상실감으로부터
탈출하기 위하여
인디안들이 목욕했다는 노천온천   포기하고
죽음의 계곡 빠져 나와
Lone Pine이라는 마을의
Comfort Inn 들어간다.
이제 사 빠져 나왔구나

안도의 숨 쉬면서
당신께 기도하기 위하여
이름처럼 안락한
Comfort Inn 들어간다.

Lake Tahoe 가는 길

● 캘리포니아 시편(29)

Comfort Inn
아침 일찍 나서서
캘리포니아 인 랜드 395번 도로 따라
지리산보다 높은 2100m 산정호수
Lake Tahoe 찾아간다.
둘레가 110km가 넘는
사람이 아닌
당신께서 만드신
그 호수 찾아간다.
인디안들 눈에는
그냥 신성한 곳으로만 보인
캘리포니아 주와 네바다 주가
6:4로 나누어진 그 호수
이 겨울에는 어떤 모습일까?
우리나라 말로
주교라는 이름의 도시 Bishop에서
브런치 먹고
폭포도 얼었다는
요세미티 국립공원 뒷길 395번 도로
5 시간 걸려 북으로 올라간다.
Topaz라는 이름처럼 푸른
자그마한 호수도 지나

2400m 넘는 산도 넘어
당신께서 만드신
신비로운
그 호수
Lake Tahoe 찾아간다.

Lake Tahoe 저녁 풍경

● 캘리포니아 시편(30)

네바다 주 쪽
Lake Tahoe에서 만난
Las Vegas 닮은 풍경.
벌써 호텔들은 붉은 네온으로
카지노 손님 부르고 있다.
이틀 밤 머물
South Lake Tahoe 산장은
이름처럼
큰 소나무 사이 캘리포니아 쪽인데,
당신께서 역사하신 탓인지
산정호수는 얼지 않고
파아란 바다 색깔로
희끗희끗 눈 덮인
산봉우리들 품고 있다.
밀려오는 어둠은
풍경들을 삼키는데,
건너 편 호텔들의 네온은
점점 밝은 빛깔로
호객행위 하고 있다.
마릴린 먼로처럼
치마 펄럭이며
호객행위 하고 있다.

Lake Tahoe에서 만난 멕시칸 쉐퍼

● 캘리포니아 시편(31)

300 리 길
Lake Tahoe 한 바퀴 돌다가
일본식 이름의 Sushi 집에서 만난
멕시칸 쉐퍼
아직도 생각난다.
영화에서 본
희랍인 조르바 닮은
그 아저씨.
한국에서 왔다고 하니
일본 바로 옆 나라라면서
Sushi 배운 이야기 늘어놓으며
인심 좋게
정말 인심 좋게
즉석 Sushi 만들어
우리 네 식구
포식하게 만든
그 아저씨.
Lake Tahoe의
겨울 같지 않은
맑고 포근한 날씨와 더불어
아직도
생각나고 또 생각난다.

솔트레이크 시티 일박

● 캘리포니아 시편(32)

크리스마스 3일 남긴
2011년 12월 22일 아침
라면 하나씩 먹고
칼리포니아 인 랜드 레이크 타오 출발하여
아이젠하워 고속도로 따라
네바다 주 북부를 횡단하여
열두시간만에 도착한 도시
유타 주의 주도
솔트레이크 시티.
지구의地球儀에도 나오고
경상남북도도 잠긴다는
소금 호수 솔트레이크 들머리에서는
저녁노을 보았는데
어느 새 어둠이 깔린
솔트레이크 다운 타운에서
우리 식구
1993년 7월 23일
7 개월 동안 머문 Utah 주 떠날 때의
기억과 아이 패드의 안내로
한인식당 찾아가
늦은 저녁 먹는다.
18년 전보다 불빛 제법 많아진 것은

2002년 동계 올림픽 때문이라는데
다운타운 한 복판
일박할 호텔에 짐 내리고
몰몬교 템플 광장에서
그들의 크리스마스 풍경 엿본다.
프로테스탄트 교회보다 더 고전적인
그들의 크리스마스 풍경.
밤늦도록 개방된 사원에서
조셉 스미스 2세와 브리감 영
만나기 전에는
프로테스탄트 교회와 똑 같은
크리스마스 풍경을 보며
내일부터 나설
18년 전의 추억 여행 위하여
일찍 잠든다.

겨울 한낮 Mantua 고개

● 캘리포니아 시편(33)

지구의地球儀에서도 보이는 소금 호수와
인공위성에서도 크게 보인다는
구리 광산 뒤로 하고
18년 전 들렸던 식당 차카라마에서
18년 전과 같은 뷔페로
점심 먹은 후
겨울 밤 눈보라 속에서도 넘었던
Mantua 고개
겨울 한낮 눈 내리지 않아
그보다 편안하게 넘어
우리 식구 7개월 머문
Utah 주립대의 도시
Logan 찾아간다.
양쪽 산등성이만 눈 제법 쌓여 있고
지상에서 가장 눈이 많다는
Utah 주의
눈 내리지 않는 겨울 한 낮
Mantua 고개 넘는다.
내 생애 처음으로 골프 친
Sheerwood hill에는
여전히 로빈후드와 그 일당들
보이지 않고

적막한 겨울 숲들만 즐비한데
그 때와 조금도 변하지 않은
입구 간판을 보며
18년 전으로의 추억 여행
무엇이 변하고
무엇이 변하지 않았는지
눈 부비며 찾아야 할 것을 예감한다..
지상에서 눈이 가장 많다는 이곳의
눈 내리지 않는 겨울 한낮을
어리둥절해 하며
우리 가족
Mantua 고개 넘어
Utah 주립대의 도시
Logan 찾아간다.

마운틴 에어리어 가든 47호

● 캘리포니아 시편(34)

1993년 1월 1일부터 7월 23일까지
우리 식구 머문
Utah 주립대의 도시 Logan에
2011년 12월 23일
18년 하고도 꼭 5개월 만에
다시 와서
먼저
우리 식구 살던 아파트
240 East 400 North
마운틴 에어리어 가든 47호
찾아간다.
20년 가까운 시간이 흘렀는데도
자동차 신호등은 제법 늘어난 도시
Logan보다
색깔도 모양도 전혀 변함없는
3층짜리 이 아파트.
그 때처럼 마당에는 눈 쌓여 있고
나지막하고 적막하게 앉아 있다.
아파트 마당
18년 전 떠나면서
사진 찍은 곳 짐작하여
우리 식구들

사진부터 찍는다.
모두다
18년 5 개월을 더 산 모습으로
전혀 변하지 않은 아파트를
배경으로
사진부터 찍는다.

Logan 다운타운 풍경

● 캘리포니아 시편(35)

18년 5 개월 동안
입구 간판도 바뀌지 않은
아파트를 나와
이웃 상가들 바라본다.
이름도 간판도 바꾸지 않고
그냥 그대로 앉아 있는
상가들.
Smith라는
식품과 약품을 파는 상가에서
낯익은 한국사람 만났지만
얼굴 많이 변하여
말 한마디 못하고
입구 나서는데
40을 넘긴 큰 아들
동생과 함께 있었던 18년 전의
추억의 장소와 시설들
그냥 그대로인 걸 신기해하며
20대로 돌아간다.
사람들은 모두 변하고 있는데
변하지 않고 있는
Logan 다운타운 풍경.
혹시나 하고

Logan 공동묘지 옆
Utah 주립대 찾아 나선다.
당신의 영원한 나라에서는
사람들 변하는 것도
전혀 느낄 수 없겠지?

Utah 주립대 겨울 한낮

● 캘리포니아 시편(36)

1993년 1월
우리 식구 눈 밟으며 걸어서 간
그 길
순식간 자동차로 달려
올드 메인 옆
그대로 있는
방문자 주차장에 차 세운다.
18년 전처럼 눈 덮이어
잔디밭과 운동장은 보이지 않고
올드메인 첨탑의
A자 모양의 네온 등
그대로 있는데
눈 크게 뜨고 찾아보니
그 때 낡았던 건물
한두 개 리모델링된 것뿐이고
도서관이며 단과대학 건물이며
모두 그대로인데
18년 전의 한인 교수와
유학생들 모두 떠났고
그 때 후배의 다섯 살짜리 딸
한국에서 대학 졸업반 되어 있고
Utah 주립대 옆

공동묘지의 묘비는 제법 늘었지만
Utah 주립대의 건물들 대부분
당신의 나라처럼
변하지 않고 있다.
도로와 잔디밭도
18년 전과 꼭 같이
겨울 눈 이고 숨죽이고 있다.

Park City 가는 길

● 캘리포니아 시편(37)

눈 덮인 채 숨죽인
Utah 주립대 뒤로 하고
2002년 동계 올림픽의
스키장이 있는 도시
Park City 찾아 가는 길.
차창을 스치는
Utah의 겨울 농촌 풍경
18년 전과 마찬가지로
사람들은 보이지 않고
소들만 되새김질 하면서
눈 덮인 겨울 벌판 바라보고
서 있다.
봄이 오면
당신은 분명히
이 벌판 초록으로 물들이시겠지만
지금의 차창 밖은
오직 눈 덮인 산과 들 뿐이다.
Park City 가까워질수록
흰 빛도 사라지면서
Utah의 산과 들은
점점 어둠에 잠기고 있다.

Park City 에서 하루

● 캘리포니아 시편(38)

2011년 12월 24일
내가 세상 구경한지
69년 되는 날.
느지막하게 리조트 출발하여
눈 내리지 않고
햇살 더욱 눈부신
스키장 아래서
리프트 타고 올라가는
스키 매니아들 바라본다.
18년 전의 모습
짐작하지 못할 정도로 변해버린
2002년 동계 올림픽 스키장의 도시
Park City.
늘어선 가게마다 들려 구경도 하다가
손녀, 손자에게 줄 선물도 사고
저녁 무렵에는
멕시코 풍 식당에서
큰 아들 내외로부터 축하받은
생일 파티.
리조트로 돌아와선
TV에서
예수 탄생의 영화보며

크리스마스 이브도 함께 맛본
이 행복한 하루.

Provo 한인 장로교회에서

● 캘리포니아 시편(39)

2011년 크리스마스
당분간 머물고 있는
LA로 돌아가기 위하여
Las Vegas로 가는 도중에 만난
Provo 한인 장로교회.
우리 가족 일행
예수님 찾아 나선 동방박사들처럼
예배당 안으로 들어선다.
유학생과 교민들
20여명 앉혀놓고
몰몬교의 본 고장 Utah에서
장로교 복음 전하는 노목사 부부.
눈 내리지 않고
햇살 환한 크리스마스 한낮.
예수님이 이 땅에 오신 까닭
간절히 전하는 설교말씀에
우리 식구 모두
동방박사들처럼
뜻 있게 만난 예수님의 탄생.
오늘 밤
Las Vegas에서 볼
네온 투성이의 크리스마스 풍경보다

더 아름다운
Provo 한인 장로교회의
크리스마스 예배 시간.
예배당 나서니
건너 편 산 위의 눈보다
더 눈부시게 세상 밝히고 있는
2011년 크리스마스 한낮의 햇살.

제 4 부
돌아오는 시간

LA로 돌아가는 길

● 캘리포니아 시편(40)

Las Vegas Paris 호텔
이탈리아 식당 르 프로방스에서
우아한 브런치 먹고
천사의 도시 LA로 출발한다.
15번 도로 타고 오다 차 밀려
40번 도로로
어느 새 해는 떨어지고
다시 15번 그리고 14번으로
210번과 45번 도로 거쳐
저녁 늦게 도착한
West Hollywood
큰 아들 내외의 아파트.
11일 만에 돌아 온
천사의 도시
산타클로스 할아버지들은
어제 새벽
소리 없이 내년을 기약하며
그들의 나라로 돌아가고
우리 일행
당분간 머무는 아파트지만
우리 집에 돌아 왔다면서
몸과 마음 내려놓는다.

서부영화 속으로

● 캘리포니아 시편(41)

미루고 미루다가
몇 년 전과는 다른
서부 영화의 주인공 만나려
지구의地球儀 걸린
유니버셜 스튜디오 정문 들어선다.
심슨네 가족들은
손녀와 손자에게 선물할
런닝에다 찍어두고
새로운 서부 영화 속으로
자동차 탄 채 들어가다가
느닷없이 물벼락 맞는다.
한숨 돌리고 나오는데
다른 쪽에서 총질하는
주인공들 때문에
다시 한 번
혼비백산한다.
갓 촬영 끝낸 영화
미리 보기 위하여 늘어선
일행들에 끼워들 엄두도 못 내고
철지난
Hollywood 영화 속의 집들을 지나
아이스크림 가게에 들려

바닐라 향의
미국 아이스크림 먹는다.

디즈니랜드 분수 쇼

● 캘리포니아 시편(42)

묵은 해 보내고
새해 맞을 준비하는
디즈니랜드 분수들.
하루 종일
우랑무탕, 물개와 돌고래
그리고 펭귄의 춤까지 즐기다가
드디어 밤이 되어
기다리고 기다리던
분수 쇼 구경한다.
〈캘리포니아의 색깔〉
〈세계 그리고, 색깔〉이라는 주제로
갖가지 이야기 전하는
분수와 조명의 만남 구경한다.
피부색 다른 사람들과 함께
두고 온 반도의 나라 식으로 말하면
송구영신의 기분으로
음악과 어울려
글자까지 새겨지는 분수 속으로
들어갔다가 나오곤 한다.
모두 환호하며
Fax Cailfornia
Fax America 외치는

분수 속으로
들어갔다가 나오곤 한다.

2011년을 보내며

● 캘리포니아 시편(43)

낮에는
버스 타고 Hollywood에 가
두고 온 반도의 나라
손녀 손자 입힐 앙증맞은 옷가지 사고
저녁에는
1년의 마지막 날 뜻 있게 보내자는
큰 아들 내외와
West Hollywood의 Sunset 대로
"Asia & Cuba" 식당에서
Cuba 식 디너 코스로
우아한 저녁 식사 한다.
카리브 해에
상어 모양으로 떠 있는
사회주의 국가에서 망명 온 쉐퍼인지
지금까지 맛본 디너와는
전혀 다르게
입 속으로
상어 지느러미 들어온다.
식사 모두 마친 후
새해 첫 날이자 주일인 내일
가까운 한인 교회에 가기로 하고
여기보다 16시간 먼저 온

반도의 나라
새해 첫날 생각하며
일찍 잠자리에 든다.

새해 첫날

● 캘리포니아 시편 (44)

반도의 나라 나이로
70이 시작되는
2012년 1월 1일
생애 처음으로
새해 첫날을
비행기로 12시간 떨어진
천사의 도시에서 보내면서
온누리교회 신년예배 드린다.
반도의 나라 시간은
벌써 둘째 날 새벽 세 시 반인
오전 11시
모두들
새해 첫 날이라
멀리 두고 온 가족들 생각하는지
엄숙한 표정으로
경건하고 경건하게 예배드린다.
우리 부부도
90을 앞두고 계신 어머니.
큰 아들 내외 이곳 생활과
둘째 아들 내외와 손녀 그리고 손자
남동생과 여동생의 가족들까지
평안하라고 간절히 기도드린다.

보름 전에 죽은
북한 김정일 때문에
부산에서 기차로 원산을 거쳐 연해주로
다시 시베리아 횡단 열차 타고
모스코바까지 갈 날도
다가올 것 기대하면서
기도드리고 또 기도드린다.

김치 담그며

● 캘리포니아 시편(45)

　　　큰 아들
　　　개학하여 학교 가고
　　　며느리는
　　　회사로 새해 첫 출근하고
　　　우리 부부 외출도 하지 않은 채
　　　김치 담근다.
　　　어제 저녁 한남 슈퍼에서 사온
　　　배추와 마늘
　　　그리고 소금으로
　　　엄마 솜씨 김치 담근다.
　　　우리 부부
　　　반도의 나라로 돌아 간 후
　　　큰 아들 내외
　　　우리 생각하며 김치 먹게 할러고
　　　한국에서 비행기에 실려 온
　　　양념까지 하면서
　　　김치 담근다.
　　　온 아파트에 진동하는
　　　김치 냄새에
　　　혹시 이웃들 항의할까
　　　가슴 졸이며
　　　한 포기 한 포기
　　　엄마 솜씨 김치 담근다.

사막 농부 김호길 시인

● 캘리포니아 시편 (46)

캘리포니아 반도 남쪽
멕시코 사막 농장으로 내려간
시조 시인 김호길.
인터넷도 잘 되지 않는
그곳에서
천사의 목소리 닮은
새 소리 들으며
오늘도
시조 짓는다.
반도의 나라 진주농과대학에서
농사짓는 법은 배웠으나
그 동안
월남전 헬리콥터 조종사로
다시 태평양을 오가는
대한항공 국제선 조종사로
드디어
천사의 도시에 내렸으나
천사는 찾지 못하고
신문기자가 되었다가
그것도 팽개치고
하나님은 결코 배신하지 않는다는
농사짓다가

무작정 멕시코 사막으로 내려간
자칭 바보 농부 김호길 시인
오늘도 멕시코 사막에서
천사의 목소리 닮은
새소리 들으며 시조 짓는다.
그 새소리처럼
천상의 소리로 들려올
시조 짓는다.

안식일에 천사 찾는 문금숙 시인

● 캘리리포니아 시편(47)

첫 만남에서 베니스 비치로
며칠 후에는
남편 문교수와 함께
게티 센터로
크게 바람 불고 난 뒷날에는
헌팅턴 라이브러리에서
구텐베르크가 찍은
금속활자 최초의 성경책 만나게 하면서
우리 부부에게
천사 있을 만 한 곳 보여주기 애쓴
문금숙 미주시인협회 회장.
드디어
우리 부부 떠나기 며칠 전
마지막 만남에서는
자기 집 정원에서 수확한
과일까지 들고 오다.
일찍
신촌의 여자대학에서
반도의 나라 문학 공부했으나
미국문학 더 공부하기 위해
태평양 건넌 남편과 함께
끝내는 정에서 문으로 성도 바꾸고

남들은 모두 주말이라 비치로 떠나는데
안식일마다
천사 찾는 문금숙 회장.
남편은
미국문학 대신 히브리어 가르치고
집에 있는 것까지 나누어주기를
즐겨하는
문 회장 외조에 분주하다.

기차 속의 저녁 식사

● 캘리포니아시편(48)

황금 찾아
서부로 몰려온 사람들 실어 나른
기차.
Sunset 대로에 주저앉아
Carneys라는 햄버거 가게가 된
그 기차에서
천사의 도시 마지막 저녁 식사한다.
차창 밖으로 달리는
갖가지 모양의 자동차 바라보며
서부 영화 속의 장면 속으로 들어가
황금 찾아가는 기차 소리 듣는다.
그 기차에 탄 사람들의
들뜬 말소리도 듣는다.
주말이 아닌데도 자동차에 실려
천사 찾아
말리브 해변으로 향하는
사람들 물끄러미 바라보며
2개월 하고도 4일 동안
천사의 도시에서
천사는 찾지 못하고
돌아갈 반도의 나라 생각한다.
12 시간 비행기 속에서

천사의 도시, 그리고 둘의 나라

과거의 시간으로 돌아갈
두고 온 반도의 나라 생각한다.

LA를 떠나며

● 캘리포니아 시편(49)

어느 새
맨 처음 내린지 19년이 넘은
LA 공항
LAX라는 이름의
공항 떠난다.
오면서 다시 바라본
그리피스 팍 뒷산에 세운
HOLLYWOOD라는 커다란 입간판.
그 기슭의
어렵지도 않은 Harding 골프 코스.
그리고
그 뒤편의 천문대 생각난다.
밤에 올라가
별도 바라보고
LA 야경도 바라보기를 소망했는데
그 소망 뒤로 미루고
LAX 공항 떠난다.
공항 근처 곳곳에
게티가 박고
기름 퍼 올리던
코끼리 모양의 펌프
아직 그대로인

천사의 도시에서
도무지 천사는 못보고
다음을 기약하며
LAX 공항 떠난다.

천사 찾아나선 우리 가족여행
양 지 훈

"아, 그 때 함께 했던 여행이 아버지께는 〈천사를 찾아다니는 여행〉이었구나."

창작자의 직업병이랄까? 일상을 떠나 여행 속의 새로운 공간과 시간을 대할 때면 그 세상을 투영하는 프레임이 머릿속 어딘가로 부터 툭 튀어나오고, 여정 내내 만나고 보고 듣고 느끼게 되는 모든 사람과 사건, 감정들을 거기에 대입해 보며 혼자만의 상상으로 즐거워한다. 실제 여행이 끝난 이후에도 한참을 곱씹어낸 후, 결국에는 창작물로 뱉어내고 나서야 머릿속 여행도 비로소 함께 끝나며 기억의 창고 속에 보관하는 것이 창작자의 여행 사이클이다.

아버지의 이번 작품을 읽는 동안, 요즘 들어 여행에서 영감을 얻어서 음악을 만들고 글을 쓰는 일을 하고 있는 나 자신의 창작적 고뇌, 그 뿌리가 고스란히 느껴져 가슴 깊은 곳 어딘가에서 우러나오는 감사의 미소가 입가에서 떠나지 않았다. 역시 우리 아버지시구나. 여행 다니는 내내 피곤하신지 차안에서 잠만 주무시는 듯하더니, 언제 또 이렇게 멋진 시들을……

스무 살 때 유학길에 오르며 상경한 이후, 서울 생활이 바쁘다는 핑계로 명절 연휴 기간 이상을 부모님과 함께 보내지 못하는 불효의 나날들이 지금까지 이어졌는데, 그나마 가장 긴 시간을 함께 보낸 곳은 공교롭게도 모두 미국이었다. 대학 2학년 시절 유타주립대학교 교환교수로 가시게 된 아버지의 딸린 가족으로서 역시 대학생인 동생과 함께 처음 미국 땅을 밟으며 2개월을 부모님과 함께 머문 지 거의 20년 후, 나이 마흔에 또 한 번 유학지로 선택한 LA에서 이번은 보호자의 신분으로 부모님을 초청해 두 달 남직 모시게 되었다. 나에게는 그동안의 불효를 단방에 만회(?)할 수 있는 감사한 기회였지만, 결혼 후 10년 만에 처음으로 같은 지붕 아래에서 시부모님을 두 달 씩이나 모시게 된 아내에게는 내심 긴장된 첫 '시집살이' 기간이었으리라.

웨스트 헐리우드 한복판에 위치한 아파트에서 부모님과 함께 머무는 동안 두 번의 로드트립을 떠났다. 한 번은 캘리포니아 1번 도로를 타고 오르내리며 샌프란시스코 북쪽의 나파 밸리까지 찍고 내려오는 와이너리 투어, 또 한 번은 레이크 타오, 유타 주, 라스베가스를 거쳐 다시 LA로 돌아오는 장장 2천여 킬로미터가 넘는 기나긴 자동차 여행. 좁은 자동차 하나에 네 식구의 짐과 몸이 함께 실려 다니며 사막과 절벽 길, 그리고 눈 덮힌 산을 넘나드는, 결코 육체적으로 편안하고 넉넉하지 않은 여행이었을 텐데도 불구하고, 불평 한 번 하지 않으시고 아들과 며느리와 함께 하는 여행 매순간이 마냥 행복하다며 어린 아이처럼 여행지 구석구석을 열정적으로 둘러보시던 부모님의 표정이 아직도 눈에 선한, 온통 감사함으로 가득한 그런 여행이었다.

여행의 하이라이트는 어쩌면 20년 전 우리 가족이 처음 미국에서 보낸 곳인 유타 주 로건 시티를 다시 한 번 방문했던 순간이었다고 생각된다. 레이크 타오에서 출발 해 1천 Km가 넘는 구간을 하루 만에 운전해 도착한 솔트레이크시티에서 다음 날 로건 시티를 방문할 것이냐 마느냐를 놓고 가족회의를 열었었다. 당시는 겨울이었고, 솔트레이크시티에서 로건 시티로 넘어가는 고갯길은 폭설로 길이 자주 끊기는 구간인데다 운전을 도맡아 하고 있는 아들의 피로를 걱정하신 어머니께서는 로건 시티 행을 반대하셨다. 거기 가봤자 그냥 옛날 그대로 시골 마을일 텐데 뭐 볼 게 있겠느냐고 추억은 추억대로 그냥 접어두고 그냥 팍 시티나 보고가자고 하셨다. 평소에 자기주장을 강하게 밀어붙이지 않는 온유한 리더쉽의 소유자이셨던 아버지께서는 어머니의 의견을 받아들이시는 듯하면서도 한편으로는 내심 많이 아쉬워하는 표정이었다. 전 날의 초장거리운전으로 상당히 피곤했던 터라 나도 살짝 갈등하긴 했지만 왠지 아버지의 그 아쉬움에 대해 부전자전의 공감대가 더 크게 밀려왔고 결국 "자동차가 가는 방향은 운전사 마음이겠지요." 하며 차를 로건 시티 쪽으로 향하는 고갯길 위로 몰고 갔었다. 다행히 눈은 오지 않아 20년 만에 우리는 옛 기억 속에 아련하게 머물러 있던 로건 시티의 변한듯하면서 안 변한 오늘날의 모습을 다시 한 번 확인해보게 되었고, 마을의 구석구석에 묻어 있던 추억의 장소들을 돌아보는 내내 아버지께서는 "아이고 고맙다. 참 행복하구나." 를 연발하셨다. 이번 아버지의 작품의 흐름 속에서도 로건 시티의 내용이 그 정점에 위치하고 있는 걸 보니 정말 그때 로건 시티를 방문하기로 결정한 것이 잘한 일이라는 생각이 든다.

그렇게 유타 주를 떠나 라스베가스를 거쳐 LA로 다시 내려오는 이틀간의 운전 길은 여정의 거의 막바지였고, 열흘이 넘는 그 동안의 자동차 여행으로 꽤나 피곤하셨든지 차 안에서 주무시는 부모님을 태우고 내려오는 시간이 많았었다. 열흘 넘게 시부모님을 모시고 긴장된 여행을 함께 한 아내도 피곤하긴 마찬가지였을 터. 한 번은 옆 좌석의 아내마저 잠든 차 안에서 홀로 깨어 석양 속으로 뻗은 길 위를 달리는 순간이었는데 불현 듯 그런 생각이 들었다. '이렇게 우리 가족이 함께 자동차로 오랫동안 여행하는 순간이 또다시 찾아 올 수 있을까?' 어쩌면, 이번이 마지막 여행일지도 모른다는 생각에 그 순간이 너무나도 소중하게 여겨졌고 그 간절한 느낌으로 나는 〈Drive into The Sunset(석양 속으로 달려가네)〉라는 노래를 하나 만들었는데 몇 년이 지난 지금까지도 공연할 때마다 마지막으로 부르는 나의 대표곡이 되었다. 그리고 아버지는 5년이 지난 지금 그 여행의 영감으로 또 하나의 멋진 여행시집을 내시게 된 것을 보면 이래저래 그 여행이 우리 가족에게 주는 의미는 참으로 귀하고 소중했던 것 같다. 감사하게도 그 여행 이후로도 부모님께서는 건강을 유지하시며 수많은 여행길에 오르셨고, 아직 함께 하지는 못했지만 우리 부부도 또 다른 여행들을 하며 언젠가 함께 할 또 한 번의 멋진 가족여행 로드트립을 꿈꾸고 있다.

글을 읽을 줄 알게 된 직후부터 지금까지 줄곧 읽어 온 아버지의 작품이지만 내 삶이 변해가며 그 느낌도 계속 달라진다. 아버지의 첫 작품 〈갈라지는 바다〉(1965년7월)가 발표된 당신의 나이를 훨씬 넘어선 지금의 연륜에 접어들며, 이제는 또 다른 창작자의 입장이 되어 다시 보는 아버지의 작품세계는

'있는 그대로의 담백한 세상에 대한 과하지 않은 작가주의적 투영'이라고 감히 표현하여 본다. 그리고 이번 작품의 프리즘은 '천사를 만나기 힘든 천사의 도시'에서 이 땅에서 이루어질 천국에 대한 소망어린 여행자의 시선이 느껴진다.

물론 아버지의 머리말대로 이 또한 함께 여행을 다닌 여전히 철없는 아들이 바라본 '한 명의 독자'로서의 주관적 느낌일 뿐, 본 작품을 통해 어떤 느낌의 여행을 떠나게 되는지는 전적으로 독자 여러분만의 삶의 경험과 상상력의 몫이다. 작품과 함께 즐거운 로드트립을 떠나시길 바란다.

2017년 6월 서울 홍대 '옥탑방 부엉이' 테라스에서   큰 아들이

* **양 지 훈** (지훈 아울, JihoonOwl)

90년대 서울대 재학생으로 한국 최초의 아카펠라 그룹 '인공위성'의 원년 멤버. 10년 동안 회사를 다니며 마케팅 직종에 종사, 2011년 직장을 떠나 미국 LA에서 독립 뮤지션 및 뮤직 프로듀서로 활동 시작. 현재 미국과 한국을 오가며 음악제작 및 공연, 강의 등을 하고 있음. 자신이 제작한 팝송 음반을 들고 자동차로 미국 일주를 한 이야기 『미국을 달리다』를 책으로 만들어(2015년 상반기 북미여행 에세이 부문 베스트셀러) 여행작가로 활동 시작. 아내와 함께 2016년 80일간 다녀온 북유럽 5개국 '캠핑 여행기'를 현재 네이버 〈여행+〉에 1년에 걸쳐 인기리에 연재(누적 50만뷰) 중.

양왕용

1943년 경상남도 남해군 창선도 출생. 진주고, 경북대 사범대 국어교육과, 동 대학원 국문과 졸업(문학박사). 대학 재학 중인 1966년 김춘수 시인 3회 천료 (월간 ≪시문학≫)로 데뷔. 시집 『백두산에서 해운대 바라본다』 외 7권. 연구 논저 『한국 현대시와 디아스포라』 외 7권. 시문학상 본상, 부산시 문화상(문화 부문), 한국 크리스천문학상(시부문) 한국장로문학상(시부문), 부산시인협회상 본 상, 한국예총 예술문화대상 (문학부문) 등 수상. 부산대 사범대 국어교육과 교수, 한국크리스천문협 회장 역임. 현재 부산대 명예교수, 한국문인협회 부이사장.

천사의 도시, 그리고 눈의 나라

양왕용 시집

초판인쇄 / 2017년 12월 25일
초판발행 / 2017년 12월 30일

지 은 이 / 양왕용
편집주간 / 배재경
펴 낸 이 / 배재도
펴 낸 곳 / 도서출판 작가마을
등   록 / (제2002-000012호)
주   소 / (48930)부산시 중구 대청로 141번길 15-1 대륙빌딩 301호
          전화 : 051)248-4145, 2598 팩스 : 051)248-0723
          전자우편 : seepoet@hanmail.net

정가. 12,000원

국립중앙도서관 출판예정도서목록(CIP)

천사의 도시, 그리고 눈의 나라 : 양왕용 시집 / 지은이 : 양왕용
— 부산 : 작가마을, 2017
  p. ; cm. — (작가마을 시인선 ; 28)
  ISBN 979-11-5606-096-3 03810 : ₩12000
  한국현대시[韓國現代詩]
  811.7-KDC6
  895.715-DDC23   CIP2017035097

※ 이 도서의 국립중앙도서관 출판예정도서목록(CIP)은 서지정보유통지원시스템 홈페이지
  (http://seoji.nl.go.kr)와 국가자료공동목록시스템(http://www.nl.go.kr/kolisnet)에서 이용
  하실 수 있습니다.(CIP제어번호: CIP2017035097)

 부산광역시 BUSAN METROPOLITAN CITY   부산문화재단

본 도서는 부산 문화재단 지역 문화 예술 육성지원사업의 일부 지원으로 발간 되었습니다.